어머니의 향기

라온현대시인선 14

어머니의 향기

김인옥 시집

북랜드

시인의 말

삶의 무게가 느껴질 때
가슴 싸하도록
그리운 사람, 어머니

밤이면
어머니 힘든 세월
바느질하고
다듬이질하는 소리

지금은 어디에도
느껴볼 수 없는
체취를 생각하며

오래도록
작은 시심의
불을 지펴왔던

마음의 흔적을
부끄럽지만
어머니를 그리며 묶어봅니다.

2026년 새봄
김 인 옥

차례

제4부

제1부

매화 만나는 날

봄바람에 날리어
연둣빛 가슴으로

오랜 기다림 속에
너를 만나
하얀 그리움 하나
떠올려본다

한낮 부드러운 햇살도
가만히 내려와
소리 없는 속삭임에
눈 뗄 수 없다

각기 다른 모습의
삶을 살지만
사랑의 아픔은 같겠지

바라만 봐도 행복해
아스라이 너와의 봄을

노을 속으로
물어볼까 생각하니
설레는 마음
잠재울 수가 없다

어머니의 향기

삶의 무게가 느껴질 때
가슴 싸하도록 그리운 사람
향기로 전해옵니다

유년 시절
마냥 함께할 줄만 알았던
지금은 어디에도
느껴볼 수 없는
체취가 그립습니다

행여 뵐 수 있을까
밤하늘에 별은 알는지
허망한 맘 둘 곳 없어
애꿎은 나뭇잎만 찢어
바람에 날려봅니다

고생을 낙 삼아

톱니바퀴 같은 생을 사시고
이젠 자연으로 돌아가셨네
앞산 뻐꾸기 구슬피 울어
꿈에도 보고픈 어머니
먼 옛날로 달려가
그 품에 안기고 싶습니다

아카시아꽃

초록 바람 불며
잎새 사이
수줍은 그리움
하얗게 피어난다

아카시아 향기 따라
사무치게 그리운
어릴 적 놀이터였던
추억 담긴 공원길에서

꽃숭어리째로 따 먹었던
달콤한 그 맛은 꿀맛이었다

지금도 이맘때면
그리움으로 묻어 두었던

내 고향 어스름한
저녁 굴뚝 연기처럼
몽글몽글 피어오른다

하얀 찔레꽃

싱그러운 계절
산길 오가는 길에

발길 멈칫하게 하는
하얀 찔레꽃

전생에
무엇으로 살다
꽃으로 태어났니

가시로 뒤덮인
하얀 찔레꽃

울 엄마 새댁 시절
수줍은 듯한 얼굴

하늘 아래
찔레꽃 향기로 남아
오래 묻어 두었던
그리움이 농익어간다

4월의 시

따사로운 햇살
아지랑이 피우는 4월

산엔 진달래
옛님 그리운 듯
얼굴 발그레

물감 풀어
그림 그리며

담장에는 노란 개나리
허리 휜 채

수줍은 고운 바람이
꽃잎의 작은 속삭임처럼
귓전에 맴돌아

빛바랜 추억
그리운 소식 전해주네

야생화

잔잔한 강물은
노을에 젖고
어둠이 찾아드는
강둑에 들어서니

햇살이 잘 닿아
마른 풀섶 사이 피어난
이름 모를 야생화

누가 가꾸어 주는 이 없이
저 홀로 피고 지는 꽃

화려하지도 않고
은근하고 소박하다

밤이 되니
바람이 머물다 간
자리에는
부드러운 달빛이
살며시 안아 준다

봄의 길목에서

잔설도 채 녹지 않은
작은 골짜기마다
봄노래 부르고

신록을 기다리는
마른가지 끝자락에
묵은 내 마음도
널어 놓아본다

찬 바람에 언 손
입김으로 녹이듯

포근한 어머님의 품속 같은
햇살이 가슴을 파고들어
움츠렸던 마음도 온기가 도네

봄비

오래도록
숨 쉴 수 없었던
언 땅이 문을 열어
잠자던 나무들

기지개 켜며 깨어나
가닥마다 수혈하니
서러운 풀빛으로 짙어지네

꾸무리해진 하늘은
봄비 내려
닫혔던 말문 열어 토해내듯

꽃망울 간지럼에
실눈 뜨듯 틔우니

겨우내 접어두었던
마음 뜰에도
촉촉이 봄비 젖어 드는 날

달맞이꽃

나뭇가지 사이로 달이 뜨고
이슬에 씻은 고운 얼굴은
노오란 나비 되어
살포시 내려앉는다

한낮 늘어진 빛도
밤이 되니 시원한 바람으로
강변을 머물며
아직 이른
가을을 생각나게 한다

늦은 사랑의
피지 못한 봉오리는
입만 뾰족이 내밀고

풀벌레 소리 희미하니
듬성듬성 떠 있는

별들도 졸고
깊어가는 여름밤
아, 어머니의 냄새가 그립다

노을빛 봉숭아

24

노을빛으로 물든 봉숭아
꽃과 잎 따서
백반 소금 넣어
돌멩이로 콩콩 찧어
손톱에 조심스레
마음 얹어두고

첫눈 올 때까지 남아 있으면
첫사랑이 이루어진다는
속설이 있어 소녀들의 마음을
설레게 했기에

해마다 연중행사처럼
간절히 기도하며
밤잠 설쳤던 그 옛날

지금도 고향 담장 아래
노을빛에 물든 봉숭아는
피고 있을까?

동백꽃

차디찬 겨울
눈 헤집고
햇살 한 올
걸치지 않은 날

새색시처럼 수줍은 듯
얌전히 피어 있는
동백꽃

찬 바람 맞으며
그늘진 곳에서
따뜻한 봄날 기다리다

그리움에 피멍 든 가슴으로
송이째 떨어져
서럽게 울고 있다

추억

바싹 마른 풀섶에
봄나물은 돋았는데
오늘도 애태우느라
햇살은 인색하구나

푸릇한 유년
양지바른 담 밑에
쪼그려 앉아

붉은 벽돌 갈아
고춧가루 만들고
쑥 캐어 돌멩이로 찧어
전 부쳐 소꿉놀이하던
그때를 들꽃 같은
마음으로 그려봅니다

입춘 지난 이맘때면

나물 캐는 할매들
가냘픈 등도 외면한 채
햇살은 봄바람에 섞여
무디어진 세월이지만
마음은 변하지 않고
겉모습만 늙어가는
그 순수함이 그리워서입니다

장미꽃

아파트 담장 너머로
빼꼼히
고개 내민 장미꽃

밤이슬 먹고
곱게 화장한 듯

가까이서 보니
무슨 사연의 상처가
가시로 돋았지

봄바람에
춤을 추듯
흔들리는 장미꽃

저녁 무렵
길게 누운 그림자는

스치듯 지나가고
붉은 노을보다
아름다운 장미꽃은
오월을 피웠다

할머니의 녹두꽃 노래

할머니 무릎 베고
녹두꽃 노래 듣고 있을 때

시원한 바람이
나를 달래며
잠들게 했던 유년

뒤돌아보면
먼 옛날
꿈속에서만 볼 수 있는
보석 같은
추억의 조각들

기억 보따리에서
하나씩 꺼내보고 싶어

시원한 계곡물에

발 담근 듯
숲속에 들어가
신록의 가슴으로
물든 여름날

할머니의 녹두꽃 노래는
조건 없는 사랑이었다

제2부

산사 가는 길

숲속으로 난 길을
혼자 천천히 올라가다 보니

맑은 웅덩이에
먼저 오른 해님이
세수를 하고 있다

소나무 푸른 향
가슴 깊이 스며들고

품이 넉넉하고 아늑한 산
어머니의
숨결을 느끼게 한다

은은한 풍경 소리
스님의 목탁 소리와
마중 나오는 산사 가는 길

〉
흐트러진 마음
가다듬어주고
어리석은 망상 일어나지 않게

가여운 생명들을 사유하고
스스로 깨닫고
포용하게 하는 길

작은 그릇 버리고
많은 것을
넉넉하게 담을 수 있는
산사 가는 길

봄날은 간다

갓 시집온 새댁처럼
언제나
소리 없이 얌전히 다가와

나뭇잎 손톱처럼
작은 새순 내밀더니
연둣빛으로 물들이고

꽃들도 활짝
늘 익숙한 모습으로
피었다가

그 향기 애틋함은
짙은 향수 잔향이
오래도록 남듯

나의 봄날도

그렇게 가버리고
돌아서는 봄날이
아쉽기만 한데
그래도 하늘은 웃고 있다

마음속 사진 한 장

어느 해보다
일찌감치 코트가
무겁게 느껴졌다

저만치에
봄이 오고 있나 봐

아직
바람은 차갑지만
봄을 재촉하는
비가 내리더니

창 넓은 창가
햇살이 말짱한 척
눈부시게 비추던
어느 날

누가 볼까 두려워
몰래 꺼내 보고
얼른 넣고

잠깐잠깐 내 곁에
머물다 떠난 자리엔
그리움만 남아

그 모든 것을
가슴 깊이 새기며
남몰래 눈물 훔쳤던 날

가슴에 묻힌 별 하나

봄비 그친 뒤

아침 일찍 일어나
창밖을 내다보니
밤사이 비가 왔나 보다

흙과 물기 머금은
갖가지의 앳된 초록들
봄물이
제대로 한껏 올랐다

아슬아슬하게 전깃줄에 앉은
산비둘기 위를
봄바람 부드럽게 지나고

해가 떠오르기 전
산은 옅은 안개로 감싸여
한 폭의 그림을 보는 듯한
착각을 불러일으켜
허공에서 만들어진
이른 아침
보물 같은 선물이었다

아버지

힘든 일상이
코끝에 느껴질 때

땀에 얼룩진
삼베적삼
향기로 날리며
가시던 황톳길

그때가 짠해
오동나무 기대서니
긴 여백
설한 같은 마음
물 흐르듯 전해온다

철없이 굴던 시절
늦은 후회로
켜켜이 내려앉고
아무리 불러도 대답 없이
더위에 지친 매미 소리만
미풍에 실려온다

빈집

해 닮은 마음으로
누군가가 목마르게 그리운
민들레
담 밑에 납작 엎드리고 있다

우편함엔
갖가지 고지서 가득 꽂혀 있고
굴뚝은
덕지덕지 이끼로 덮여 있다

세월에 닳은 물건들
주인 사랑 잃은 지 오래
쓸쓸함만 샘물처럼 고이고

봄바람에
빨래줄만 신이 나
정신줄 놓은 지 오래다

안개의 길목

비가 내린
안개의 길목
턱을 고이고

쓰러져 가는
저녁노을 속에서
추억을 더듬는다

누가 가슴 아프게
사랑을 외쳤는지

밤하늘에 반짝이고 있는
별들은 볼 수 있지만

안개 속으로 사라진
지나간 날들은
사진 속 희미한 얼굴처럼
세월이 남긴 추억의 증표인가

산

얇게 수놓은 햇살 밟으며
가파른 산길 오를 때
수줍어 가린 분홍빛 얼굴
그대 그리워 피었나 보다

다들 낯설지만
오가면 나누는 인사로
가볍게 오를 수 있었다

맑고 부드러운 나뭇잎마저
속삭이며 싱그러운 바람으로
살랑살랑 부채질하네

청량한 계곡물 소리
가슴 촉촉이 적시며
느긋하고 여유로운 마음으로
산을 오르다 보니

맑은 하늘엔

나그네 되어 떠다니는

구름 몇 조각 갈 곳을 잃어

헤매고 있었네

공허한 날

겨울 햇살이 미소 지으며
추위에 몸살을 앓는
빈 들판에
이불 되어 주던 날

눈 시리도록 파랗던
봄날은 어디 가고
바람 불어 내 노래에
눈물 젖어보니

빛바랜 날들의 미련만 남아
해맑고 따사로운
그날이 정녕 그리워

어여쁜 잎새마다 이슬 맺혀
수줍게 피는 꽃잎처럼
마음에 꽃 한 송이 피워본다

〉

메마른 가지를 바라보며

두 눈 지그시 감고

돌릴 수 없는 시간에 묶이었던 날

뒷모습

뒷모습이
아름다운 사람은
마음씨도 곱겠지

앞산 벚꽃이 소리 죽여
꽃비로 내릴 때

마음 한 자락
살포시 펴고
봄비 맞듯 맞는다

머지않아 무성한 녹음
사랑의 열매 맺을

그때를 위해
봄은
또 그렇게 지나가고

〉
가는 뒷모습이
남긴 향기는 애련함만
더욱 짙어진다

강가에서

이유 없이 슬퍼지는 날
나뭇잎 흔드는 바람이고 싶어
강가에 앉는다

해가 지니
한낮 늘어진 빛도
강가에 젖어 들고
퍼석한 갈대
빛바랜 몸으로 다가온다

풀벌레 소리마저 희미한
기억 저편
아버지 툭진 손으로
침 발라 새끼 꼬고
지붕 이던 소리

밤이면 어머니 힘든 세월

바느질하고
다듬이질하는 소리가
들리는 듯하다

찹쌀떡
메밀묵
가슴 치는 삶의 소리
강가에 풀꽃 향기로 번진다

손녀의 첫돌 잔치

지난해 가을
달빛 하얗게
쏟아지던 밤
세상에 왔었지

하루가 다르게
새순 자라듯
커가는 모습에
마음 빼앗기고

새근새근 자고 있으면
한 송이 꽃처럼
바라만 봐도 행복하다

가까이 있어
자주 보지만
그리움의 두께는

얇아지지 않고
여물어가는 이 가을
아직은 가녀린 들꽃 같지만

엄마 아빠 사랑 안에서
건강하게 잘 자랐으면 좋겠다
생일 축하해

울 막내

계절에 밀리고
아침이 새벽을
밀어내듯

삶에 순응하며
마음 한 자락도
편히 내려놓지 못하는
너의 소식을

앞산 나뭇가지 사이로
바람과 풀벌레 소리로
대신 듣는다

너무 멀리 있기에
더 그립고
햇살 한 줌에도
애틋한 마음뿐

〉
늘 한결같은 모습
힘든 기색 없이 가장으로
삶의 무거운 짐을
내려놓지도 못하고

긴 터널
지나고 또 지나도
그래도 행복했다고

먼 훗날
따스한 봄날 같은
마음으로 얘기할
울 막내

유년의 그리움

이슬 젖은 풀잎도
깨어나지 않은
이른 아침
문득 동생이 생각난다

왠지, 오늘은
작은언니라고 부르던 소리가
들꽃 향기처럼 번져오는 듯

그 옛날 비눗방울 날리며
깔깔대던 그때가 그립구나

지루했던 여름도
조금은 물러나 꽃 진 자리마다
열매가 익어가고

세월이 흘러 추억의 책장을

들여다보는 나이가 되니
어느새 머리에
하얀 서리꽃이 피었구나

제3부

얇은 햇살이

새 한 마리 날아가는
개울 따라
마른 기억
촉촉이 살아나고

이따금 일어나는
내 안의
얼어붙은 의미들

얇은 햇살 앉은 빈 들에
낙엽 헤집고 핀
아주 작은 풀꽃처럼
설렘은 나를 흔들고

살갗을 아리게 하는
바람 속에
피어난 늦은 오후

가을 문턱에서

가을이 다가오니
고향집
가을 풍경이 그려진다

여름은 밀려나고
아쉬움이
물 흐르듯 흘러간다

조금씩
풀벌레 소리 깊어지고

가을을 담은 듯한 바람이
창문을 기웃거리다
결국엔 문을 두드린다

시래기

무서리 내리고
밭고랑마다 무청
널브러져 있으면

어머니 생각이
그리움으로 다가온다

겨울이면
멸치 국물에 된장 풀어
끓여 주시던
시래깃국이 생각나

말리면 시래기
버리면 쓰레기가 되니
해마다 무청 말리기에
온 정성 다했건만

어느 누가 두 번이나
몰래 쓱싹해서

불안한 마음에
집으로 옮기려 하는데

남편은
그냥 두지
설마 또 가져가겠나

하지만 귀먹은 사람처럼
들어도 못 들은 척
집으로 옮겨와
꿀단지처럼 모셔 놓고

까맣게 잊어
너도 나도
먹지 못하게 되어

한참을 넋 놓고 바라보다
어이없는 헛웃음 지으며
마음 비웠던 날

"휴, 차라리 그냥 둘걸"

서리

밤새도록 불던
바람에 떨어진 낙엽
하얗게 꽃을 피웠다

불 꺼진 가로등 아래로
그리움 하나
서리 되어 내렸다

모든 것은 하얗게
창문 열고 가슴으로 바라보는
그 사랑 별같이 반짝이네

세월 지나면 잊히는 것을
왜 그리움은 서리 되어
긴 그림자로 남아 있는지

강가에 안개처럼

하얗게 번져오는 그리움
밤이 새고 서리 진 후에도
떠나지 못하고
저렇게 아픈 상처로 남아 있을까

세월호

모든 것 다 잊은 채
허공에 매달려
목 놓아 불러봐도
돌아오지 않는 영혼들

한 어머니는
딸에게 쓴 편지엔
늙은 엄마가
한 달이라도 더 품었더라면
사주가 바뀌었을 텐데

어쩜 좋으니
엄마 죽어 지옥 갈 테니
딸은 천국 가라며

부치지 못한 편지는
가슴에 품고

마를 수 없는 눈물만
바닷속으로
세상 사람 모두가
아까운 목숨들
하늘도 슬퍼 울고 있는데
기적은 무얼 하고 있는가?

수박

하루가 지칠 시간쯤
만삭의 몸으로
트럭 짐칸에
누워 있는 수박들

주인아저씨 속이 타는지
막걸리 잔 기울이며
거저 줄 기세로 소리 지르자

우, 모여 드는 사람들
그 속에 아저씨 입담도
잘 익은 수박처럼 달콤했다

애지중지 키운
자식 떠나보내듯
하나둘씩 안겨가니 흐뭇해

아저씨 붉은 얼굴도
타는 노을에
산그림자와 묻힌다

고향

잘 익은 햇살 아래
초록보다 푸른
젊음은 어디가고

검버섯 덕지덕지
고향 담장
풀 죽은 늙은 호박
자식들 떠나보낸
노모의 모습 같다

훗날 내 모습 보는 듯
해 지는 줄 모르고
넋 놓고 보던
구름 몇 조각
오늘따라 그리워

흔들리는 갈대숲
귀뚜라미 소리와
스산한 가을바람에
이 마음도 실어 보낸다

언니 생각

신록의 숲이 부르던 날
장맛비는 내리고
마음조차 눅눅한
거실에 앉아

빗줄기 바라보며
미소가 아름다운
목련화를 닮은
언니가 생각난다

커피 한 잔을 마주하며
만났다 헤어지는 날엔
여운을 남긴 채
돌아서 가는 뒷모습이

오늘따라
멀게만 느껴져

색색의 꽃 피우며

언니 얼굴 그려본다

낙엽

사랑에 물든 가슴은
덧없는 세월에 밀려

핏기 없는
바싹 마른 몸으로
가을바람에 떨어진 낙엽

상처투성이가 되어
밤새 내린 비에
바스락 소리조차 내지 못해
가엽기만 하다

언젠가는 누군가에게
쓸려 사라지겠지

한때는 젊고 고왔었는데
그렇게 생을 마무리하는

낙엽 보니
나도 언젠가는
한 장의 낙엽처럼 되겠지

바닷가에서

짭짤한 바닷바람
온몸에 스며들고
제 몸 찢으며
피멍 드는 파도와
마주하고 서 있다

수없이 내쉬고 마신 한숨이
가까이 다가올수록
가빠지는 숨결

뒷걸음으로 물러나는
파도 앞에
사연 많은 여인처럼

속내에 있는 모든 것들
하나하나 끄집어내
바닷속으로 던져 보낸다

〉
반짝이는 속살에 눈이 아려
아름다움을
얘기할 수 없는 순간들이
가슴 찡하게
안개비 되어 내리던 날

손녀의 첫 생일

지난해
따스한 봄날
홍조 띤 얼굴로

할아버지 할머니라고
부를 손녀가 태어나
어느새
첫 생일을 맞는다

요즘 들어 아침 일찍
새들이 잠을 깨우듯

영상 통화로
꽃같이 활짝 웃으며
때 때때라고
무슨 말인지
하루하루

행복 비타민을 준다
어제는 비가 와
말갛게 씻긴 나뭇잎들
손녀의 까르르
웃는 모습 같다

봄바람 속에서도
잘 자라는 작은 꽃들처럼
아직은 젖먹이 애기지만
시리도록 눈부신 봄날에

생일 축하해
항상 건강하게 잘 자랐으면 좋겠다

그녀

오래전
호기심을 가득 안고
처음 만난 날

그늘진 얼굴엔
고뇌에 찬
아픔의 조각들

속내가 궁금하여
그 마음
넘나들며 알았다

반쪽을 잃은
큰 아픔이 있다는 걸

그래도 다행히
하나뿐인 아들이 잘 키 줘서

기댈 수 있는 버팀목이 되어
아픔을 딛고
포근한 봄 햇살 맞으며
속으로 울었다는 그녀

세월이 흐르는 소리

입춘 지나자
잔설도
다 녹아내리고

계곡물 소리는
한층 여물어져
내 안에 묵은 먼지
말끔히 씻겨진다

화단의 목련
꽃망울 터트리고
철 따라 피고 지는 일이
놀라운 질서다

바람 소리
까칠까칠 메마르지만
촉촉한 물소리 온몸 적시니

무게 없는 세월
오늘도 저울질해 본다

가을

달빛 안고
홀로 쓸쓸한 밤

낙엽 하나 주워
풀잎에 이슬처럼

바람에 묻어온
그리움 하나

흐르는 계곡물에
실어 보낸다

세월은 흐를수록
추억 있어
그리움 남고

아름다움 있어
행복하게 해주는
이 가을
마냥 기대고 싶어라

제4부

풍경

찜통더위에
하루를 제대로 쓰지 못해
퍼진 해삼처럼
보낸 날이 많았다

스산한 바람은
어느새 가을을
물들이고 있다

가을을 닮은 청솔모는
호두를 다 딴 빈 가지에 앉아
맥없이 시간을 낚는다

길섶 씀바귀꽃은
헤프게 웃다 꺾이어
쓴웃음 짓고

기형 되어 떨어진 홍시는
저녁 해 안고서
이 가을 물들어간다

봄을 기다리는 겨울나무

나뭇잎 다 떨어져
몸살 앓아도
누구 하나 봐주지 않네

발이 묶인 채
마냥 불어대는 매서운 바람

온몸으로 부딪혀
겨우 버텨가며

마른가지 틈새로
걸린 날들이
저 언덕 넘어갈 즈음

가물대는 봄날이
손 뻗히면 곧 닿을
아지랑이 나풀거리는

따뜻한 봄날을
겨울나무는 일찌감치
마중 나와 기다리고 있다

그곳이 어딘지

그날의 슬픔이
비가 되어 내린다

앞산 뻐꾸기 소리에
젖은 꽃잎 떨어지니
아물지 않은 상처가 돋는다

뭐 그리 급해
한 장 남은 달력 떨어지기도 전

아픈 모퉁이 돌 적마다
오빠는 얼마나 힘들었을까

흐릿한 눈으로 말하며
힘없이 잡아주던 손

세상과의 인연 등 돌린 채

눈꽃 맞으며 사라진 오빠
그곳이 낯설지 않을까
바람에 안겨가는 구름은 아는지
귀먹은 사람처럼
불러도 대답이 없네

바람에 구름 가듯

산 너머로 바람 불어
양 떼 같은 구름
마음대로 몰고 다닌다

무심코
하늘을 바라보니
구름이 손짓하네

바람이 말하듯이
바람은 투명한
하늘빛을 닮았다 하네

별이 지는 밤이면
오솔길 고개를 돌아
사랑도 슬픔도 눈물도

어여쁜 잎새마다

고이 물들이고
무정히 떠나가는
정든 꽃길에

이 세상 모두가
한 줄기 바람일 줄이야

그때 그 우산

조용히
비가 내리는 날이면
내게 선물로 온
그때 그 우산
오랜 벗이었는데
언제 어디서
제 손을 벗어났는지
지금은
많은 시간이 흘러
새로운 것으로 대체하고
만남과 이별이
인생에 자연스러운 흐름임을
빗속을 걸으며
세상 모든 것은
영원히 함께할 순
없다는 것을 깨닫게 했다

비 갠 날 오후

비 온 뒤
싱그럽게 부는 바람이
내 볼을 만지며 지나갑니다

초록 옷 입은 나무들
새들 불러 모아
재잘재잘 노래하게 합니다

푸른 산 하늘과 입맞춤에
햇살은 나를 껴안아
졸음을 청하고

고추잠자리
파도처럼 출렁이며
물살을 가를 때

보고픈 내 고향 하늘 그리워
마음은 꽃구름 타고
그곳으로 가고 있답니다

잃어버린 날들

누구도 눈길을 주지 않는
어느 후미진 담 모퉁이에
웅크리고 앉아

커다란 눈망울로
피어 있는
패랭이꽃 한 송이

뉘 모를
그리움에 이슬 젖어
모든 것들이 빛바랜 날들

오늘도 누굴 위해
피어 있을까

하늘은 회색빛으로
술에 취해 사랑은 지고

언어는 초점을 잃어
비틀거리는 사람들
아름다운 옛이야기마저
흐르는 물에 지워져
잃어버린 날들

어떤 사연

가슴 깊숙이
내 안의 모든 것들
덩그러니
구름 속에 묻는다

말 못 할 서러움과
텅 비어 아무 흔적 없이

그 속에
실낱같이 들려오는
소쩍새 울음소리

옆집 아이들 엄마 그리워
울컥울컥
하얀 밤을 지새게 한다

목 놓아 울고 싶겠지

사무쳐 밀려오는 설움
복받쳐 끓어오르는 분노
어린 가슴
멍들게 했던 밤

동행

아주 추운 겨울날
행복의 출발선에 서서
보이지 않는
끈으로 하나 되었다

때로는 마음이
지칠 때마다
현실을 부정하고
싶을 때도 많았지만

부딪혀야 했기에
세월에 떠밀려
호락호락하지 않는
삶 속에서

작은 행복 느끼며
늘 함께했기에 가능했던

소중한 순간들
그래도 가끔은
풋풋한 젊은 시절
꽁꽁 싸맨 보따리 들척여보며
오늘도 함께 걸어가고 있다

향수에 젖어

땅거미 밀려올 때
모락모락
피어나는 연기처럼

옛이야기 되어
나직한 목소리로 들려오는
다정했던 얼굴들

부푼 가슴 안고
함께 거닐던
그 사잇길 따라

콧노래 흥얼거리며
보낸 날들이
지금은
옛 추억으로 남았네

세월은 흘러

하루하루를 접어가면서

아련한

그리움만 더 짙어지네

단풍

서늘한 가슴 쓸어내리고
사랑의 굶주림을
억제하지 못해
속내를 보이는 단풍
가을빛마저 출렁이며
활활 타오르는 불꽃처럼
감당하기조차 버거워
그저 바라만 보다
사랑을 갈망한
마음인 줄 모르고
몰래몰래 물들어가는 단풍

겨울 끝자락

서늘한 바람이
차게 느껴지지만

언 땅이 문을 열어
잠자고 있던 모든 생명들
부스스 일어나
저만치에
봄이 오고 있다고 한다

꾸무리해진 하늘은
지난밤 가냘픈 봄비 내려

바싹 마른 나뭇가지마다
수액이 오르며
풀빛으로 곧 짙어진다고

겨울은
떠날 차비를 마치고
봄 마중 나와 있다고 한다

종일 비가

하늘이
잔뜩 부어 있더니
굵은 빗줄기
창문을 툭툭치네

무슨 일일까
낮부터 막 퍼붓다니

잠시도 그칠 기색 없이
하루 종일
누구의 그리움이
비가 되어 내리는지

이렇게 밤까지
내리고 있으니

나도 몰래

이미 창밖에 나가 있는
내 마음도
그 비에 흠뻑 다 젖어있었네

외로움에게

혼자 있는 틈을 타서
찾아오는 그림자 같은
외로움에게
젖어본 적이 있다

외로움으로 왔다
그리움만 남기고 가버린
누구에게나 오는 것을
거부할 수 없는
쓸쓸한 날들의 여백

무슨 수로 떼어내야 하나
이젠 흐르는 세월에 지우고
옛이야기로 남겨야겠다

하늘은 먹물을 풀어 놓은 듯
쏟아져 내리는 빗줄기 속에

웃을 줄 모르고 젖고 젖어
하얗게 번져오는 물안개처럼
숨죽여 마음 달래며

밤하늘 우러러
차분한 밤공기 마시며
모든 생각 내려놓는다

제5부

내가 살던 시골집

아직 옛 모습이
남아 있는 나지막한 돌담

지붕도 햇빛에 색이 바래져
희끗희끗하고

싸리문 사이로
들락거리던 바람도
그리운 시골집

겨울 아침 문밖에는
물안개로
뒤덮인 퍼석한 갈대

밤엔 바람이 맵고
빙하 갈라지는 소리는
쩌르릉 쩌르릉

〉
뒷대안
늙은 감나무만 남아
오랜 세월
시골집을 지키고 있다

장마

며칠째
먹물을 풀어놓은 듯
하늘이 어두침침하더니
비가 온다

슬픔에 젖은
내 가슴에도
추적추적 비 내리는
소리가 난다

잠잠히 가는 세월 속에
조금씩 흘려보냈는데
아직도
남아있었나 보다

잠을 청할 수 없어
빗소리는

온몸을 적시고
주위까지 질퍽하게 한다
늘 엇갈림 속에서도
서러움이 복받칠 때
장맛비는 그리움으로
내리나 보다

흔적

그리움 하나
노을에 젖어 있습니다

마주했던 그림자는
내 마음속에 들어앉고
어여쁜 그 약속은
흐르는 물에 지웠습니다

저 멀리
산그림자 숲속에 잠들고
메아리만 힘없이 맴돌다 갑니다

밤하늘의 별들도
이 밤이 그립습니다

그곳에 가면
외로울 때

살며시 기댈 수 있게
언덕이 되어 주는
그리움 하나 있습니다

겨울 모기

찬 바람 불며
턱이 빠져 입이 돌아가
물지도 못한다는 모기

얼마나 내가 만만해 보여
눈앞에 알짱거릴까

무모한 행동에
어리석은 녀석

그냥 두자니
헌혈하게 될까 두려워
죽이려 하는 순간
제 목적 이뤄

어디론가 사라지고
흔적의 자국은
먼 산이 되었다

입춘

아직 겨울의 잔해는
주위를 서성이고
엉성한 가지도
침묵을 지킨다

살갗을 아리게 하는
차가운 바람은
창틀을 놓을 줄 모르고

나무 실가지 사이로
부는 바람에 반짝이는
햇살은 따스해도
찬 기운이 남아 있지만

봄의 기척은 나날이
선명해지고 있다

반달

어둠이 내리고
소슬한 바람 불어

밤이 깊도록
울어대는 귀뚜라미 소리에
문득
고향 하늘 멈춰진다

창문 열고
벽에 기대어 바라보니

한 손으로 얼굴 가렸는지
반쪽 얼굴 내놓고

못다 한 그리움
떠오르게 하네

세월은
나날이 새로 피어나고

하염없는 마음은
먼 산마루에서
황혼 빛을 꿈꾸게 하네

길을 가다가

길을 가다가
시든 꽃잎에
숨어 있는
아픈 상처를 보았다

숨죽여 거친
바람 속에 서 있지만
누구 하나 봐 주지 않으니
외로움을
거부할 수 없나 보다

누구에게나
보일 수 있는 사랑으로
꽃을 피웠을 텐데

햇살이
이슬처럼 내리는 날

〉

때론 눈물
같은 삶이 있기에
서글픈 마음
시드는 향기 속으로
강이 되어 흐른다

등댓불

한낮
푸른 바다 물결은
은비늘로 눈부시고
그 위에 앉아 푸념 섞인
말을 늘어놓았네

어둠이 깔리는 밤이면
노을은 지고
칠흑 같은 바다를
외롭게 지켜주는
등댓불만이 깜박이겠지

수평선 저 멀리 보이는
고기잡이배들도
하나둘씩 불을 켜 다녀간
세월의 흔적들이

한 해 한 해 저문다고
넋두리하면서

외로움을 달래는
등대지기처럼
하염없이
차가운 바닷바람 맞으며

사방으로 끝이 보이지 않는
아련한 먼 바다를 바라보니

지난날
어두운 기억 지워버리고
마음의 등댓불 하나 밝히고 싶다

가끔은

햇살 시리도록 맑은 날
풀잎 스친
바람에도 눈물이 나

그늘진 잔디밭에 누워
그리움만 남기고 가버린

세월의 페이지를
들척여 보고 싶을 때가 있다

잠깐이나마
삶에서 길을 잃었을 때

마음 한편에
한 방울의
그리움이 떠올랐지만

〉
기다릴 줄 아는 겸손에
시가 있어
내 마음의 길을 찾을 수 있었다

멀리 허공을 보다가

멀리 허공을 보다가
갑자기 보고 싶은
아버지

밭일하시면서
양곡 장사하셨던
아버지

밤이면 일 마치고
막걸리 거하게 하루를
태우시고

잠자고 있는 어린 자식들
돈 벌어 맛난거 사오셨다고
다 깨우시던 아버지

가슴 아려올 만큼

보고 싶었지요
철없던 시절 생각하며
사무쳐 밀려오는 설움

삭혀도
삭혀지지 않고
터지는 슬픔

흰 구름 불러
그 위에 얼굴 그리며
쪽빛 바람에 마음 전하니

나도 몰래 굵은 눈물방울이
뚝뚝 떨어진다
너무도 그리워

늦은 밤 커피 한 잔

고된 하루가 저물고
피로가 쌓여
커피 한 잔이
생각나는 늦은 밤

잔잔한 위로도 되고
지워져가는 오늘에
따뜻한 보상받은 듯

나 자신을
충전할 수 있는 소중한 시간
먼저 향에 젖고
마시는 커피는
세상 다 가진 기분이다

한 잔의 커피지만
삶에 있어 작은 행복이

큰 힘이 되기도 하는
늦은 밤 커피 한 잔

나만의 쉼

오늘 하루도

이른 아침
베란다 창문을 열고

맑은 하늘 아래
한 폭의
수채화로 숲을 이룬
나무들을 본다

마음은
푸른 숲길을 걷고
고요한 힐링이 스며든다

비바람을 맞으며
제대로 서지 못해
서로 부대낀 채

산허리를 휘감은

안개 속에서도
나무들은
늘 평화로워 보이며
상쾌한 이 아침
온통 푸르름으로 물들어 간다

창밖을 보며

창가에 볼을 대니
피부에 맞닿은
싸늘한 유리는
그저, 상쾌할 뿐이다

성숙을 도모하는
모든 자연
그대로 마음속에
편안하게 안주하고

끝이 보이지 않는
하늘을 바라본다

무수한 창가에선
아옹다옹
삶이 녹아 타오르고
하루를 그렇게 보내며

〉
사람들은 내일이라는 전쟁을
조바심에 못 이겨
바보같이 넋을 잃어버린
가련한 사람들

고통과 인내

매서운 겨울바람
뼛속까지 시려도
언 몸으로 막아내며
늘 그 자리

잎 하나 남김없이
다 떨구고
앙상한 뼈만 남은 채

허허벌판
고독하게 서 있다

긴 겨울
고통과 인내는
말할 수 없지만

또다시 돌아올

아련한 봄을 기다리며
굳건하게 서 있다

시심의 불씨 지펴 마음의 길 찾는 노래

– 김인옥론

이정환 | 시인

#. 열며

김인옥 시인, 그는 삶의 무게가 느껴질 때 시심을 떠올린다. 가슴 싸하도록 그리운 분인 어머니 덕분이다. 오래도록 시를 생각하면서 항상 어머니를 그려왔다. 어머니의 힘든 세월을 기억하면서 바느질하고 다듬이질하는 소리를 잊지 않고 있다. 하여 이번 시집은 어머니를 그리며 묶게 되었다.

삶은 큰 무게로 다가오고는 해서 감당하기 어려울 때가 적지 않다. 기쁨보다는 어려움과 괴로움이 많은 세상살이에서 그가 찾은 길은 시 쓰기다. 시를 궁리하면서 행복감을 느낀다. 복잡다단한 이 시대에 지혜로운 선택이다.

시집 『어머니의 향기』는 자신의 생의 궤적을 알뜰살
뜰하게 엮고 있다. 그리운 이로부터 오는 은은한 삶의
향기가 그에게는 소중한 추억이자 자신의 삶을 지탱하
고 운용하는 힘이 된다.

이제 그의 시 세계를 "살가운 가족 사랑, 자연과의 속
깊은 교감, 존재론적 성찰의 시, 굳건한 삶의 의지 발현"
으로 나누어 살핀다.

#. 살가운 가족 사랑

그의 시는 소박하다. 목소리의 톤이 잔잔하다. 이 담
백한 세계는 아무래도 그의 품성에서 비롯된 것이라는
생각이 든다.

행여 뵐 수 있을까
밤하늘에 별은 알는지
허망한 맘 둘 곳 없어
애꿎은 나뭇잎만 찢어
바람에 날려봅니다

고생을 낙 삼아
톱니바퀴 같은 생을 사시고

이젠 자연으로 돌아가셨네
앞산 뻐꾸기 구슬피 울어
꿈에도 보고픈 어머니
먼 옛날로 달려가
그 품에 안기고 싶습니다

–「어머니의 향기」 중에서

가시로 뒤덮인
하얀 찔레꽃

울 엄마 새댁 시절
수줍은 듯한 얼굴

하늘 아래
찔레꽃 향기로 남아
오래 묻어 두었던
그리움이 농익어간다

–「하얀 찔레꽃」 중에서

　두 편은 어머니를 그리는 마음의 흔적을 담고 있다. 「어머니의 향기」는 간절하다. "행여 뵐 수 있을까/ 밤하늘에 별은 알는지"라고 하면서 허망한 마음을 어찌할 바를 몰라서 "애꿎은 나뭇잎만 찢어/ 바람에 날"리고 있다. 어머니는 진실로 "고생을 낙 삼아/ 톱니바퀴 같은 생을 사"셨다. 이젠 자연이 된 어머니, "앞산 뻐꾸기 구슬피 울어/ 꿈에도 보고픈 어머니"를 "먼 옛날로 달려가/ 그 품에 안기고 싶"은 마음은 누구든지 같을 것이다.

「하얀 찔레꽃」 역시 애틋하다. "가시로 뒤덮인/ 하얀 찔레꽃// 울 엄마 새댁 시절/ 수줍은 듯한 얼굴"이 틀림없다. 그 꽃은 "하늘 아래/ 찔레꽃 향기로 남아/ 오래 묻어 두었던/ 그리움"이다. 그 농익은 향기가 세월이 갈수록 더욱 진해진다. 그것은 그에게는 소중한 추억이다. 그리하여 자신의 삶을 지탱하고 운용하는 그리움의 힘이다. 영원히 마음속 깊은 곳에 쟁여져 있기 때문이다.

어머니와 더불어 아버지에 관한 시편이 보인다. 「강가에서」를 본다.

이유 없이 슬퍼지는 날
나뭇잎 흔드는 바람이고 싶어
강가에 앉는다

해가 지니
한낮 늘어진 빛도
강가에 젖어 들고
퍼석한 갈대
빛바랜 몸으로 다가온다

〉
풀벌레 소리마저 희미한
기억 저편
아버지 툭진 손으로
침 발라 새끼 꼬고
지붕 이던 소리

밤이면 어머니 힘든 세월
바느질하고
다듬이질하는 소리가
들리는 듯하다

찹쌀떡
메밀묵
가슴 치는 삶의 소리
강가에 풀꽃 향기로 번진다

–「강가에서」 전문

사람이 살다 보면 여러 가지 일로 감정의 기복을 겪
게 된다. 그 정도가 심하면 병이 될 수도 있지만, 위기 대
응능력을 갖추고 있으면 웬만한 역경은 물리칠 수 있다.
화자는 "이유 없이 슬퍼지는 날/ 나뭇잎 흔드는 바람이
고 싶어/ 강가"를 찾는다. 셋째 연에는 아버지가 등장하
고 넷째 연에는 어머니가 나온다. 모두 곡진한 그리움

의 대상이다. 강가에서 떠올린 아버지는 "풀벌레 소리마저 희미한/ 기억 저편/ 아버지 툭진 손으로/ 침 발라 새끼 꼬고/ 지붕 이던 소리"의 주인공으로 나타나고 있다. "밤이면 어머니 힘든 세월/ 바느질하고/ 다듬이질하는 소리가/ 들리는 듯하다"에서 보듯 아버지와 어머니는 화자의 기억 속에서 생생한 공감각으로 아로새겨져서 몹시도 아련하다. 그리고 "찹쌀떡/ 메밀묵"이 "가슴 치는 삶의 소리"이기에 "강가에 풀꽃 향기로 번진다"라고 노래하고 있다. 화자에게는 이런 아름다운 추억이 삶의 활력소로 작동한다. 이 또한 그리움의 힘이다.

그밖에도 「할머니의 녹두꽃 노래」 끝 연에서 "할머니의 녹두꽃 노래는/ 조건 없는 사랑이었다"라고 회상하면서 "할머니 무릎 베고/ 녹두꽃 노래 듣고 있을 때"의 추억을 고이 간직하고 있는 것을 본다. 또한 「손녀의 첫 생일」을 노래하고 있다. "요즘 들어 아침 일찍/ 새들이 잠을 깨우듯// 영상 통화로/ 꽃같이 활짝 웃으며/ 때때때라고/ 무슨 말인지/ 하루하루/ 행복 비타민을 준다// 어제는 비가 와/ 말갛게 씻긴 나뭇잎들/ 너의 까르르/ 웃는 모습 같았다"라고 대목에서 보듯 손녀 사랑이 극진하다. 그런 점에서 「울 막내」의 다음 구절은 마음을 끌어당긴다. "너무 멀리 있기에/ 더 그립고/ 햇살 한 줌에도/ 애틋한 마음뿐"이라는 표현이다. 먼 거리에 떨어져 있어서 그리움은 더하기에 햇살 한 줌도 예사롭게 보이지를 않는 것이다. 그것은 「아버지」에서도 간결하게 드러난다. "힘든 일상이/ 코끝에 느껴질 때// 땀에 얼룩진/ 삼베적삼/ 향기로 날리며/ 가시던 황톳길"이라는 구절이다. 아버지의 행적을 살뜰히 더듬으면서 힘겨운 일상을 이겨내고 있다.

해 닮은 마음으로
누군가가 목마르게 그리운
민들레
담 밑에 납작 엎드리고 있다

우편함엔
갖가지 고지서 가득 꽂혀 있고
굴뚝은
덕지덕지 이끼로 덮여 있다

세월에 닳은 물건들
주인 사랑 잃은 지 오래
쓸쓸함만 샘물처럼 고이고

봄바람에
빨래줄만 신이 나
정신줄 놓은 지 오래다   ─「빈집」 전문

「빈집」은 인상적이다. 많은 시인이 노래한 대상인데 시적 정황 속의 그 소도구들을 적절히 배치하여 상실감을 오롯이 그리고 있다. "해 닮은 마음으로/ 누군가가 목마르게 그리운/ 민들레/ 담 밑에 납작 엎드리고 있다"라는 첫 연이 눈길을 사로잡는다. 민들레는 인기척을 고대하고 있지만, 빈집은 빈집 그대로다. 둘째 연 "우편함엔/ 갖가지 고지서 가득 꽂혀 있고/ 굴뚝은/ 덕지덕지 이끼로 덮여 있다"라는 표현에서 그것을 여실히 읽는다. "세월에 닳은 물건들/ 주인 사랑 잃은 지 오래/ 쓸쓸함만 샘물처럼 고이고// 봄바람에/ 빨래줄만 신이 나/ 정신줄 놓은 지 오래다"라는 셋째 연과 넷째 연이 무장 가슴 아프게 다가온다. 빨래줄의 생각 없는 흔들림이 눈에서 오랫동안 떠나지 않는다.

#. 자연과의 속 깊은 교감

자연은 우리에게 무한한 상상력을 안겨준다. 계절마다 바뀌는 자연의 변화를 통해 많은 것을 자각하고 음미하게 된다.

바라만 봐도 행복해
아스라이 너와의 봄을

노을 속으로
물어볼까 생각하니
설레는 마음
잠재울 수가 없다

−「매화 만나는 날」 중에서

잔설도 채 녹지 않은
작은 골짜기마다
봄노래 부르고

신록을 기다리는
마른 가지 끝자락에
묵은 내 마음도
널어 놓아본다

−「봄의 길목에서」 중에서

어느 해보다
일찌감치 코트가
무겁게 느껴졌다

저만치에
봄이 오고 있나 봐

144

〉
아직
바람은 차갑지만
봄을 재촉하는
비가 내리더니

창 넓은 창가
햇살이 말짱한 척
눈부시게 비추던
어느 날

누가 볼까 두려워
몰래 꺼내 보고
얼른 넣고

잠깐잠깐 내 곁에
머물다 떠난 자리엔
그리움만 남아

그 모든 것을
가슴 깊이 새기며
남몰래 눈물 훔쳤던 날

가슴에 묻힌 별 하나

–「마음속 사진 한 장」 전문

봄이 오면 꽃을 만나는 기쁨이 크다. 꽃망울이 맺힌 것을 보면 가슴이 설렌다. 「매화 만나는 날」은 그런 소박한 희열을 "바라만 봐도 행복해/ 아스라이 너와의 봄을"이라고 노래하면서 "노을 속으로/ 묻어볼까 생각하니/ 설레는 마음/ 잠재울 수가 없다"라고 진솔하게 읊조린다. 겨우내 얼마나 기다렸던가? 마침내 매화를 만난 날, 환호작약하였을 터다. 그리하여 「봄의 길목에서」는 "잔설도 채 녹지 않은/ 작은 골짜기마다/ 봄노래 부르고// 신록을 기다리는/ 마른 가지 끝자락에/ 묵은 내 마음도/ 널어 놓아본다"라고 봄을 맞은 심경을 토로하고 있다. 봄은 묵은 마음을 마른 가지 끝자락에 널어보기까지 하는 것이다.

「마음속 사진 한 장」은 애절한 시편이다. 계절의 변화를 이야기하다가 후반부에 가면서 어떤 사연을 들려주고 있다. "어느 해보다/ 일찌감치 코트가/ 무겁게 느껴졌다"라는 계절 감각을 실감 나게 표현하고 있다. 이렇듯 철이 바뀌면 옷의 무게감이 달라진다. 하여 "저만치에/ 봄이 오고 있"는 것이다. 그런데 "창 넓은 창가/ 햇살이 말짱한 척/ 눈부시게 비추던/ 어느 날// 누가 볼까 두려워/ 몰래 꺼내 보고/ 얼른 넣고// 잠깐잠깐 내 곁에/ 머물다 떠난 자리엔/ 그리움만 남아"서 "그 모든 것

을/ 가슴 깊이 새기며/ 남몰래 눈물 훔쳤던 날"에 "가슴
에 묻힌 별 하나"가 "마음속 사진 한 장"이라는 것이다.
더 이상 구체적인 이야기가 없어서 미루어 짐작만 할 뿐
이지만, 몹시도 애절한 사연이다. 아마 봄날과 관련이
있지 않을까 하는 생각이 든다.

서늘한 가슴 쓸어내리고
사랑의 굶주림을
억제하지 못해
속내를 보이는 단풍
가을빛마저 출렁이며
활활 타오르는 불꽃처럼
감당하기조차 버거워
그저 바라만 보다
사랑을 갈망한
마음인 줄 모르고
몰래몰래 물들어가는 단풍

–「단풍」 전문

「단풍」은 사뭇 역동적이다. "서늘한 가슴 쓸어내리
고/ 사랑의 굶주림을/ 억제하지 못해/ 속내를 보이는
단풍"이라는 대목에서 화자의 속마음이 드러난다. 단풍
속에 투영된 자아다. 그것은 "가을빛마저 출렁이며/ 활

활 타오르는 불꽃처럼/ 감당하기조차 버거워/ 그저 바라만 보다"가 "사랑을 갈망한/ 마음인 줄 모르고/ 몰래 몰래 물들어가는 단풍"이라고 끝맺고 있다. 역동적인 이미지의 전개로 「단풍」을 노래하면서 가을을 맞아 소용돌이치는 자아를 은연중 표상한다.

#. 존재론적 성찰의 시

사려 깊은 이는 자신의 삶을 무시로 성찰한다. 보다 훈향 높은 삶을 구가하고자 함이다.

흐트러진 마음
가다듬어주고
어리석은 망상 일어나지 않게

가여운 생명들을 사유하고
스스로 깨닫고
포용하게 하는 길

작은 그릇 버리고
많은 것을
넉넉하게 담을 수 있는

산사 가는 길

-「산사 가는 길」 중에서

겨울 햇살이 미소 지으며
추위에 몸살을 앓는
빈 들판에
이불 되어 주던 날

눈 시리도록 파랗던
봄날은 어디 가고
바람 불어 내 노래에
눈물 젖어보니

빛바랜 날들의 미련만 남아
해맑고 따사로운
그날이 정녕 그리워

어여쁜 잎새마다 이슬 맺혀
수줍게 피는 꽃잎처럼
마음에 꽃 한 송이 피워본다

메마른 가지를 바라보며
두 눈 지그시 감고
돌릴 수 없는 시간에 묶이었던 날

-「공허한 날」 전문

149

「산사 가는 길」은 잔잔한 어조로 "흐트러진 마음/ 가다듬어주고/ 어리석은 망상 일어나지 않게" 하는 길이라고 말한다. 그 길은 "가여운 생명들을 사유하고/ 스스로 깨닫고/ 포용하게 하는 길"이라면서 긍휼의 사상을 드러낸다. 그 모든 것을 포용하는 일이 그 길에는 있다는 점을 나직이 들려준다. 또한 "작은 그릇 버리고/ 많은 것을/ 넉넉하게 담을 수 있"어서 행복한 길이다. 그곳은 산속 깊은 곳에 자리 잡은 절이기에 오르는 중에 마음의 평화와 희열을 맛볼 수 있다. 그러므로 가는 길에 망상은 범접하지 못한다.

「공허한 날」을 읽으니 공허해진다. "겨울 햇살이 미소 지으며/ 추위에 몸살을 앓는/ 빈 들판에/ 이불 되어주던 날"의 일이다. 그날은 "눈 시리도록 파랗던/ 봄날은 어디 가고/ 바람 불어 내 노래에/ 눈물 젖어보"는 날이다. 또한 "빛바랜 날들의 미련만 남아/ 해맑고 따사로운/ 그날이 정녕 그리"운 날이다. 그때 화자는 "어여쁜 잎새마다 이슬 맺혀/ 수줍게 피는 꽃잎처럼/ 마음에 꽃 한 송이"를 피운다. 그 마음이 몹시도 아려온다. 그래서 "메마른 가지를 바라보며/ 두 눈 지그시 감고/ 돌릴 수 없는 시간에 묶이었던 날"이다. 왜 공허해진 것인지 시의 끝 연은 명확하게 밝히고 있다. "돌릴 수 없는 시간에 묶"여 있었기에 그 공허감은 더욱 무겁고 컸던 것이다.
이렇듯 화자는 공허를 보듬어 안고 달래기 위해서 정경
을 바라보며, 시심을 다독인다.

혼자 있는 틈을 타서
찾아오는 그림자 같은
외로움에게
젖어본 적이 있다

외로움으로 왔다
그리움만 남기고 가버린
누구에게나 오는 것을
거부할 수 없는
쓸쓸한 날들의 여백

무슨 수로 떼어내야 하나
이젠 흐르는 세월에 지우고
옛이야기로 남겨야겠다

하늘은 먹물을 풀어 놓은 듯
쏟아져 내리는 빗줄기 속에
웃을 줄 모르고 젖고 젖어
하얗게 번져오는 물안개처럼
숨죽여 마음 달래며

〉
밤하늘 우러러
차분한 밤공기 마시며
모든 생각 내려놓는다

-「외로움에게」 전문

그리움 하나
노을에 젖어 있습니다

마주했던 그림자는
내 마음속에 들어앉고
어여쁜 그 약속은
흐르는 물에 지웠습니다

저 멀리
산그림자 숲속에 잠들고
메아리만 힘없이 맴돌다 갑니다

밤하늘의 별들도
이 밤이 그립습니다

그곳에 가면
외로울 때
살며시 기댈 수 있게
언덕이 되어 주는

그리움 하나 있습니다

-「흔적」 전문

「외로움에게」라는 제목을 보니, 이젠 외로움과도 벗이 되었구나 하는 생각이 든다. "혼자 있는 틈을 타서/ 찾아오는 그림자 같은/ 외로움에게/ 젖어본 적이 있다"라는 첫 연의 진술이 진지하다. 그것은 그림자와 같은 외로움이다. 하여 "외로움으로 왔다/ 그리움만 남기고 가버린/ 누구에게나 오는 것"임에도 아련한 생각을 떨칠 수 없다. 그것은 바로 "거부할 수 없는/ 쓸쓸한 날들의 여백"이기 때문이다. 그 여백은 한없이 애잔한 것이다. "무슨 수로 떼어내야 하나"라고 생각하다가 "이젠 흐르는 세월에 지우고/ 옛이야기로 남겨야겠다"라고 다짐한다. 그렇기에 "밤하늘 우러러/ 차분한 밤공기 마시며/ 모든 생각 내려놓"음으로써 외로움과의 대화는 끝을 맺는다. 외로움과의 교감을 통해 그리움을 되살리면서 고요해지는 자아를 엿보게 하는 시편이다.

「흔적」은 담백하고 담담하다. "그리움 하나/ 노을에 젖"고 있는 것을 바라보다가 "마주했던 그림자는/ 내 마음속에 들어앉고/ 어여쁜 그 약속은/ 흐르는 물에 지웠다"라고 말하고 있다. 그리고 "저 멀리/ 산그림자 숲속에 잠들고/ 메아리만 힘없이 맴돌다"가 간다. 끝으로 "그곳

에 가면/ 외로울 때/ 살며시 기댈 수 있게/ 언덕이 되어
주는/ 그리움 하나 있"다고 하니 그 비빌 언덕에 함께
찾아가 보았으면 하는 생각이 든다. 누구도 모르는 곳에
은밀한 마음의 거처가 있다는 사실은 삶에 위무를 주는
일이 될 터이니.

#. 굳건한 삶의 의지 발현

　누구든지 파란만장한 삶이다. 힘들지 않은 이도 없고,
길을 가로막고 있는 역경들로 말미암아 삶은 늘 고단하
다. 불안과 걱정이 불쑥불쑥 뛰쳐나와서 힘들게 한다.
중심을 잡고 사는 일이 쉽지 않다.

　　짭짤한 바닷바람
　　온몸에 스며들고
　　제 몸 찢으며
　　피멍 드는 파도와
　　마주하고 서 있다

　　수없이 내쉬고 마신 한숨이
　　가까이 다가올수록
　　가빠지는 숨결

〉
뒷걸음으로 물러나는
파도 앞에
사연 많은 여인처럼

속내에 있는 모든 것들
하나하나 끄집어내
바닷속으로 던져 보낸다

반짝이는 속살에 눈이 아려
아름다움을
얘기할 수 없는 순간들이
가슴 찡하게
안개비 되어 내리던 날

–「바닷가에서」 전문

매서운 겨울바람
뼛속까지 시려도
언 몸으로 막아내며
늘 그 자리

잎 하나 남김없이
다 떨구고
앙상한 뼈만 남은 채

155

〉
허허벌판
고독하게 서 있다

긴 겨울
고통과 인내는
말할 수 없지만

또다시 돌아올
아련한 봄을 기다리며
굳건하게 서 있다

−「고통과 인내」 전문

햇살 시리도록 맑은 날
풀잎 스친
바람에도 눈물이 나

그늘진 잔디밭에 누워
그리움만 남기고 가버린

세월의 페이지를
들척여 보고 싶을 때가 있다

잠깐이나마
삶에서 길을 잃었을 때

〉
마음 한편에
한 방울의
그리움이 떠올랐지만

기다릴 줄 아는 겸손에
시가 있어
내 마음의 길을 찾을 수 있었다

-「가끔은」 전문

「바닷가에서」는 사색의 시다. "짭짤한 바닷바람/ 온몸에 스며들고/ 제 몸 찢으며/ 피멍 드는 파도와/ 마주하고 서 있다"라는 첫 연이 서늘하게 다가온다. 파도가 피멍 들어 있기 때문이다. "수없이 내쉬고 마신 한숨이/ 가까이 다가올수록/ 가빠지는 숨결"을 느낀다. 그냥 숨결이 아니라 한숨이다. 그리하여 "뒷걸음으로 물러나는/ 파도 앞에/ 사연 많은 여인처럼// 속내에 있는 모든 것들/ 하나하나 끄집어내/ 바닷속으로 던져 보"내 버린다. 그 모든 것들이 내면 깊숙이로부터 외부로 내보내 버림으로써 한숨이 사라지게 되고 괴로움이 씻겨가 버린다. 그날은 "반짝이는 속살에 눈이 아려/ 아름다움을/ 얘기할 수 없는 순간들이/ 가슴 찡하게/ 안개비 되어 내리던 날"이었다. 이렇듯 화자는 자정 능력을 갖추고 있

157

다. 지혜로운 삶이다.

「고통과 인내」는 치열하다. "매서운 겨울바람/ 뼛속까지 시려도/ 언 몸으로 막아내며/ 늘 그 자리"라는 첫 연에서 "늘 그 자리"가 눈에 꽂힌다. 그렇다. 나무는 늘 한 자리에 서서 모든 희로애락을 다 보듬어 안고 있다. 묵묵히 견디는 것이다. 불평이나 불만을 드러내지 않는다. "잎 하나 남김없이/ 다 떨구고/ 앙상한 뼈만 남은 채/ 허허벌판/ 고독하게 서 있"는 모습에서 경외감을 느낀다. 성자의 모습 같다. "긴 겨울/ 고통과 인내는/ 말할 수 없지만// 또다시 돌아올/ 아련한 봄을 기다리며/ 굳건하게 서 있다"라는 진술에서 화자의 모습이 어른거린다. 고통을 끝까지 인내하면 아련한 봄은 곧 올 터이니 조금만 더 견디면 될 일이다.

「가끔은」은 진솔하다. 화자는 지극히 감성적이어서 "햇살 시리도록 맑은 날/ 풀잎 스친/ 바람에도 눈물"이 날 지경이다. 그래서 "그늘진 잔디밭에 누워/ 그리움만 남기고 가버린// 세월의 페이지를/ 들척여 보고 싶을 때가 있다"라고 읊조리고 있다. "잠깐이나마/ 삶에서 길을 잃었을 때// 마음 한편에/ 한 방울의/ 그리움이 떠올랐지만// 기다릴 줄 아는 겸손에/ 시가 있어"라는 대목에서 시의 발걸음을 멈추게 된다. 화자가 "내 마음의 길을 찾을 수 있었"기 때문이다. 삶의 길을 가다가 우연하지 않게 한 방울의 그리움 같은 시와 만남으로써 행복은 배가된다.

#. 맺으며

지금까지 김인옥 시인의 시집 『어머니의 향기』를 읽었다. 흥미로운 시간이었다. 솔직담백한 성품의 시인이 풀어내는 서정과 서사가 정겨웠고, 사랑이 넘쳤다. 때로 깊은 고통의 바다 앞에서 고뇌를 거듭하기도 했지만, 끝내 좌절하지 않는 굳건한 모습을 보여주었다.

그의 시업이 오래도록 아름답고 윤택하기를 희망한다. 뜻하지 않게 그의 시 세계를 조망할 수 있었기에 덧붙이는 간절한 바람이다. "시심의 불씨 지펴 마음의 길 찾는 노래"가 온 세상에 널리 퍼져나가기를 마음 깊이 기원하며, 시집 『어머니의 향기』 상재를 축하드린다.

라온현대시인선 14　김인옥 시집

어머니의 향기

찍은날 | 2026년 3월 10일
펴낸날 | 2026년 3월 13일

글쓴이 | 김인옥
펴낸이 | 장호병
펴낸곳 | 북랜드
　　　　04556 서울 중구 퇴계로41가길 11-6, JHS빌딩 501호
　　　　41965 대구 중구 명륜로12길 64(남산동)
　　　　전화 (02)732-4574, (053)252-9114
　　　　팩스 (02)734-4574, (053)252-9334
　　　　등록일 | 1999년 11월 11일
　　　　등록번호 | 제13-615호
　　　　홈페이지 | www.bookland.co.kr
　　　　이-메일 | bookland@daum.net

책임편집 | 전은경
기　　획 | 장세창
교　　열 | 서정랑

ⓒ 김인옥, 2026, Printed in Korea
저자와의 협의하에 인지를 생략합니다.

ISBN 979-11-7155-204-7　03810
ISBN 979-11-7155-205-4　05810 (e-book)

값 12,000원